Pokémon™
Les Voyages
La série

Novélisation : Natacha Godeau.
Conception graphique : Valérie Gibert & Philippe Sedletzki.

Hachette Livre, 58 rue Jean-Bleuzen, 92178 Vanves cedex.

POKÉMON
LES VOYAGES
LA SÉRIE

L'île des Dracolosse

hachette
JEUNESSE

Sacha

Nom : Ketchum

Ce jeune Dresseur aventureux est bien décidé à devenir Maître Pokémon ! Originaire de Bourg Palette, dans la région de Kanto, il voyage toujours avec Pikachu, son premier Pokémon et meilleur ami. Fraîchement arrivé à Galar, Sacha compte bien découvrir tous les secrets de cette région.

Âge : 10 ans
Ville : Bourg Palette
Région d'origine : Kanto

Pokémon de prédilection :

Nom : Pikachu

Catégorie :
Pokémon Souris

Type : Électrik
Taille : 0,4 m
Poids : 6,0 kg

Goh

Jeune garçon de 10 ans de Carmin sur Mer, Goh est déterminé à remplir son Pokédex en attrapant toutes les espèces de Pokémon, et surtout Mew, un Pokémon fabuleux qu'il a rencontré quand il était enfant. Il est de nature calme, mais il a l'esprit vif et donne le meilleur de lui-même quand quelque chose le passionne.

Âge : 10 ans
Ville : Carmin sur Mer
Région d'origine : Kanto

Pokémon de prédilection :

Nom : Flambino

Catégorie :
Pokémon Lapin

Type : Feu
Taille : 0,3 m
Poids : 4,5 kg

Chloé

Chloé est la fille du Professeur Cerise.
C'est une amie de Goh depuis le plus jeune âge. C'est une écolière calme et responsable et l'excès de confiance de Goh l'énerve parfois.

Âge : 10 ans
Ville : Carmin sur Mer
Région d'origine : Kanto

Pokémon de prédilection :

Nom : Voltoutou

Catégorie :
Pokémon Chiot

Type : Électrik
Taille : 0,3 m
Poids : 13,5 kg

Professeur Cerise

Propriétaire du Laboratoire Cerise de Carmin sur Mer, le Professeur Cerise s'emploie à dévoiler les mystères qui enveloppent encore les Pokémon. Il recrute Sacha et Goh comme assistants de recherche après leur rencontre avec Lugia, un Pokémon légendaire. Le Professeur Cerise est un homme sympathique qui aime apprendre de nouvelles choses sur les Pokémon.

PRÉNOM : **Jessie**

RÉGION D'ORIGINE : **Kanto**

Jessie, James et Miaouss sont plus déterminés que jamais à attraper le Pikachu de Sacha pour leur Boss. Ils ont l'esprit malveillant et échafauder des plans diaboliques ne leur pose aucun problème... L'un d'entre eux réussira-t-il ?

La Team Rocket

PRÉNOM : **James**

RÉGION D'ORIGINE : **Kanto**

POKÉMON DE PRÉDILECTION :

NOM : **Miaouss**

CATÉGORIE :

Pokémon Chadégout

TYPE : **Normal**

TAILLE : **0,4 m**

POIDS : **4,2 kg**

CHAPITRE 1

Coup de cœur inattendu

Depuis que Sacha travaille en tant qu'assistant de recherche du célèbre Professeur Cerise, il part souvent en mission d'étude scientifique avec Goh, son collègue du Laboratoire Cerise, situé dans la région de Kanto.

Ainsi les deux amis font ensemble d'incroyables voyages au cours desquels ils améliorent sans cesse leurs connaissances de Dresseur de Pokémon. Un jour, ils ont même failli rencontrer Ho-Oh, un Pokémon légendaire. Sacha est ravi de vivre ces aventures, puisqu'il rêve de devenir Maître Pokémon. Quant à Goh, il en profite pour attraper le plus de Pokémon possible, tout en espérant croiser la route de Mew,

un Pokémon fabuleux unique en son genre. Et si c'était pour aujourd'hui? pense-t-il chaque matin au réveil. Cette fois, c'est un reportage diffusé en direct à la télévision qui attire l'attention des chercheurs du Laboratoire Cerise...

– Nous sommes au port en compagnie du capitaine de bateau qui vient d'être sauvé par un Dracolosse, dit la jeune reporter en tendant son micro au marin afin qu'il raconte son incroyable expérience.

Devant le poste, Sacha et Goh écarquillent les yeux, émerveillés.

– J'ai déjà entendu parler de ce phénomène, confie Goh. Apparemment, les Dracolosse ont l'habitude de secourir les gens en danger...

– Waouh, j'adorerais assister à ça ! souffle Sacha.

– Hélas, je crains que ce ne soit presque impossible, regrette le Professeur Cerise.

Le Dresseur s'étonne. Il fronce les sourcils d'un air interrogateur.

– Pourquoi ? demande-t-il au savant.

– Laisse-moi t'expliquer ! répond alors Ren, un autre scientifique du Laboratoire Cerise. Dracolosse, un Pokémon Dragon, est l'évolution de Draco, qui est lui-même l'évolution de Minidraco. Il est donc très rare d'en observer à l'état sauvage...

– D’autant qu’on ne sait pas exactement où se trouve leur habitat naturel ! renchérit Chrysa, la deuxième assistante du Professeur Cerise.

Ce dernier ajoute alors :

– Mais certaines rumeurs font état d’une île secrète qui ne serait peuplée que de Dracolosse.

À ces mots, Goh brandit son Motismart.

– Et moi, en entrant les coordonnées de leurs interventions de sauvetage, j'ai pu les localiser ! annonce-t-il d'un air de triomphe.

Une carte se dessine en effet à l'écran de son Motismart. Sacha n'en revient pas.

– Fantastique ! s'exclame-t-il. En route pour l'île des Dracolosse !

Peu après, Sacha et Goh arrivent au port afin de partir à la recherche de l'île en bateau. Mais Goh a une autre idée...

– On n'est pas obligé d'attendre un bateau, souffle-t-il. Il y a des Lamantine, dans cette zone...

De nombreux Pokémon Otarie nagent effectivement le long des quais. Sacha hoche la tête.

– Je comprends ton plan, Goh, acquiesce-t-il.

– Parfait, se réjouit son ami. Le moment est donc venu d'attraper une Poké Monture !

Il repère un Lamantine particulier, le vise avec soin, puis lance une Poké Ball dans sa direction. Mais au moment où celle-ci s'ouvre pour le capturer, le Pokémon Otarie bondit dans l'eau et l'évite. Encore. Et encore.

– Il résiste, constate Sacha.

– Pas pour longtemps, réplique Goh d'un ton déterminé.

Il réessaie sans se découra-
ger. Enfin, il réussit et son Motismart récite :

– Bravo, Lamantine a été enregistré dans votre Pokédex.

Enchantés, Sacha et Goh montent à califourchon sur le dos du Pokémon Otarie qui les emmène alors au large à la nage...

– L'île des Dracolosse devrait se trouver quelque part dans les parages, déclare bientôt Goh.

– Exactement, approuve Sacha.

Alors qu'ils scrutent les environs, un Lamantine femelle les croise à toute allure. Ébloui par sa grâce et sa beauté, le Lamantine de Goh s'élance à sa poursuite. Il fend les flots comme une torpille, entraînant les deux Dresseurs qui, assis sur son dos, se cramponnent tant bien que mal pour ne pas tomber.

– Arrête, Lamantine ! s'égosille Goh.

Soudain, Sacha lève les yeux et...

– Oh non, regarde Goh !

De gros nuages menaçants obscurcissent le ciel. Une tempête se prépare !

CHAPITRE 2

Sauvetage surprise

L'orage gronde. La pluie tombe. Des éclairs déchirent le ciel. Le vent se lève. Les vagues enflent à la surface de la mer... Sacha et Goh sont ballottés dans le courant furieux. Ils s'agrippent désespérément au

Lamantine mais, tout à coup, ils sont éjectés par-dessus bord !

– Aaahhh !!! hurlent-ils en plongeant tête la première dans les eaux déchaînées.

Maintenant, la tempête redouble d'intensité. Les deux Dresseurs perdent connaissance. Alors qu'ils risquent de se noyer, une troupe de Dracolosse se précipite à tire-d'aile à leur secours.

Plus tard, Sacha et Goh se réveillent au sec, échoués sains

et saufs sur une magnifique plage de sable fin. Pikachu et Flambino, leurs Pokémon dédiés respectifs, sont à leurs côtés... ainsi qu'un groupe d'immenses Dracolosse ! Il y a également un Draco, parmi eux.

– Oh ! s'exclament en chœur les deux garçons, impressionnés par cette rencontre tant espérée.

Sacha comprend immédiatement ce qui s'est passé.

– Les Dracolosse nous ont sauvés ! souffle-t-il, stupéfait, à son ami.

Goh regarde autour de lui d'un œil curieux.

– On est sur une île, constate-t-il alors avec stupéfaction. L'île...

– ... des Dracolosse, termine Sacha avant d'ajouter : C'est génial !

Goh acquiesce ; l'un de leurs rêves est en train de se réaliser... il a encore du mal à y croire.

– Merci de nous avoir secourus ! dit-il aux Dracolosse. Vous êtes sensationnels !

– Oui, merci ! renchérit Sacha en souriant.

– Pika-pika ! s'écrie alors Pikachu, bien d'accord avec son Dresseur.

– Flam-bino ! approuve Flambino.

Au même instant, Draco et les Dracolosse leur font signe et s'éloignent en direction de la jungle qui longe la plage.

– Ils nous invitent à les suivre, interprète Goh.

– Fantastique, on va explorer l'île ! devine Sacha.

Et sans hésiter, les deux assistants de recherche se mettent en route d'un pas affirmé, impatients d'en découvrir plus sur les mystérieux Pokémon Dragon qui peuplent les lieux. Tout en marchant à travers la jungle, Goh interroge son Pokédex :

– Peux-tu localiser l'île avec précision, à présent ?

– Non, désolé, impossible de me connecter à un réseau, regrette Motismart.

Contrarié que les coordonnées de l'île des Dracolosse n'apparaissent pas, Goh fronce le nez. Il n'a cependant pas le temps de rouspéter, car au détour d'un chemin, ils débouchent dans une clairière où un trio de Draco se livre à une danse particulière.

Les majestueux Pokémon dressent le cou, s'entrechoquent, ondulent et s'envolent brusquement en pirouettant dans les airs. Quel spectacle époustouflant ! Là-dessus, Flambino surgit de l'autre bout de la clairière : le coquin porte une mue de Minidraco sur la tête.

– Oh ! s'exclame Sacha, surpris.

– Une mue de Minidraco ! renchérit Goh. C'est très précieux ; on peut en faire toutes sortes de vêtements extraordinaires. Les Minidraco muent quand ils grandissent en évoluant en Draco. Où as-tu trouvé ça, Flambino ?

Le Pokémon Lapin bondit en riant sur place, puis il conduit ses amis jusqu'à une

cascade vertigineuse. Une grotte donne directement sous la chute d'eau. Le petit groupe traverse le rideau glacé et entre dans la caverne dont le sol est jonché de mues de Pokémon Dragon...

– Oh ! là, là ! il y en a beaucoup, remarque Goh.

– Regarde ! intervient alors Sacha.

Dissimulé derrière un rocher, un Minidraco est en train d'évoluer en Draco sous l'œil bienveillant d'un Dracolosse...

– Wouahouh, c'est fantastique ! s'extasient les garçons en chœur.

CHAPITRE 3

Entraînement spécial

Sacha, Goh, Flambino, Pikachu, le Dracolosse et le nouveau Draco de la caverne se détendent au pied de la cascade. Tout à coup, le Dracolosse scrute le ciel d'un air un peu inquiet, puis il fait signe à

Draco de l'accompagner et tous deux s'engagent avec détermination sur un sentier forestier. Vite, Sacha, Goh et leurs Pokémon leur emboîtent le pas, curieux de découvrir ce qu'ils ont l'intention de faire. En chemin, Goh réfléchit.

– Je crois que je sais pourquoi cette île reste secrète, dit-il soudain.

Intrigué, Sacha l'encourage.

– Ah oui ? Vas-y, explique-moi ça, Goh !

– Il paraît que les Draco ont le pouvoir

de contrôler les phénomènes climatiques, n'est-ce pas ?

Sacha hoche la tête : oui, son ami a raison.

– Tu as remarqué ces épais nuages d'orage qui entourent l'île ? poursuit donc Goh. Ils forment un écran protecteur, ils cachent l'île des Dracolosse aux yeux du monde. J'en conclus

que ce sont les Draco, en dansant et virevoltant comme on l'a vu, qui déclenchent les tempêtes afin de garder l'habitat naturel des Pokémon Dragon secret.

Wouah, Sacha est impressionné. Quelle perspicacité ; évidemment, tout cela est d'une logique imparable !

– Super, Goh, tu as tout compris ! félicite-t-il son ami, admiratif.

À ces mots, ils arrivent sur la plage où, sous leurs yeux admiratifs, un groupe de

Dracolosse prend son envol vers le large.

– Ils sont trop forts, ils traversent la tempête comme si de rien n'était ! s'extasie Goh.

Restés sur le rivage, Draco et Dracolosse semblent impatients de les imiter. Hélas, Draco ne parvient pas à s'envoler… Pourtant, Dracolosse lui a donné de nombreux conseils avant de partir à son tour en mission de sauvetage ! Draco essaye encore, et encore, en vain.

Sa déception est triste à observer. Il a absolument besoin de rejoindre les Dracolosse, lui aussi ! Désolé, Sacha fronce les sourcils. Il voudrait tellement l'aider !

– Pika-pika, soupire Pikachu.

Alors, tous deux s'approchent du nouveau Draco en souriant afin de le mettre en confiance.

– Tu aimerais t'entraîner avec nous ? lui propose gentiment Sacha.

Bien sûr, Draco accepte sans hésiter. Et c'est parti pour un entraînement spécial signé Sacha Ketchum ! Mais Goh aussi, a une idée...

– Tu te souviens de la chorégraphie du trio de Draco, dans la clairière ? demande-t-il à son ami. Je pense que c'est grâce à ça, qu'ils ont réussi à décoller !

Sacha opine.

– Ils ont dû utiliser

Danse Draco ! comprend-il subitement.

Aussitôt, Goh interroge son Motismart.

– Danse Draco est une capacité dont le but est d'augmenter les performances d'un Pokémon, récite l'encyclopédie électronique.

– Parfait ! se réjouit Sacha.

Puis, s'adressant au nouveau Draco :

– Lance Danse Draco ! Comme ça !

Il gesticule sur le sable afin de montrer au Pokémon Dragon comment envoyer la capacité. Goh n'en croit pas ses yeux. Son ami est décidément très surprenant ! Cependant, Sacha a beau faire, il ne sera jamais capable de voler. Qu'à cela ne tienne, le vaillant Dresseur ne baisse pas les bras

pour autant. Car il a un plan infaillible !

– Toile Élek, Pikachu ! ordonne-t-il.

CHAPITRE 4

Rencontre au large

Sacha bondit et rebondit sur le filet d'énergie électrique que Pikachu vient de lancer. Le Dresseur espère ainsi montrer au nouveau Draco comment prendre son envol.

Goh, perplexe, hausse les épaules en grimaçant.

– N'importe quoi, souffle-t-il. Toile Élek n'est pas un trampoline.

Pourtant, Sacha continue de sauter sur le filet électrique. Enfin, Draco l'imite. Ils bondissent ensemble. Haut, de plus en plus haut. Grâce à cet élan, le Pokémon Dragon est alors propulsé dans les airs, où il pirouette d'instinct.

– Excellent ! le félicite Sacha. Recommence !

Draco obéit. Jusqu'à ce qu'il s'envole pour de bon.

– Bravo, tu as réussi ! s'exclame joyeusement Sacha.

Il est très fier de Draco, qui paraît avoir grandi en un instant. Cependant, quelque chose assombrit le triomphe du Pokémon Dragon. Celui-ci dresse son long cou et scrute

l'horizon d'un air inquiet. Devinant que Draco souhaite rejoindre le Dracolosse de la caverne, Sacha s'approche gentiment.

– N'aie pas peur, je t'accompagne ! affirme-t-il d'un ton réconfortant.

Alors qu'il se demande comment faire, Goh aperçoit leur Lamantine, plus loin, sur la plage. Ayant perdu la trace de la jolie Lamantine femelle qu'il poursuivait, il est venu rechercher les Dresseurs... qui s'empressent de monter sur son dos afin de suivre le timide Pokémon Dragon vers le large.

– Vole, Draco, l'encourage Sacha d'une voix de stentor. Aie confiance, je te promets qu'on reste juste derrière toi.

Bientôt, Draco retrouve son ami Dracolosse, en pleine mer. Mais le pauvre est prisonnier d'une cage flottante ! Ce sont Jessie, James, Miaouss et Qulbutoké, les bandits de la

Team Rocket, qui l'ont capturé. Le gentil Pokémon Dragon est tombé dans leur piège : ils se sont déguisés en naufragés et ils ont fait semblant d'avoir chaviré pour attirer un Dracolosse afin de l'attraper. Ni une, ni deux, Draco s'élance sans hésiter à la rescousse de son compagnon.

– La Team Rocket ! s'écrie Sacha en arrivant à son tour avec Goh et Lamantine.

Furieux de croiser une fois de plus le chemin de ses pires ennemis, il enchaîne avec autorité :

– Relâchez Dracolosse ! Immédiatement !

– Impossible, répond Jessie, moqueuse. Nous ne renonçons jamais à nos proies.

– Nous allons d'ailleurs capturer ton Pikachu, renchérit James, menaçant.

CHAPITRE 5

Retour au Laboratoire Cerise

Les bandits de la Team Rocket possèdent une Fusée Spéciale Team Rocket, un distributeur de Poké Balls qui leur fournit des Pokémon au hasard. Cette fois, c'est Wailord, un immense Pokémon Cachabouée, qui surgit à leur aide.

– Pas de chance, ce Pokémon ne maîtrise qu'une seule attaque, déplore James.

– Essayons quand même, décide Jessie. Wailord, utilise Trempette !

Le gigantesque Pokémon se dresse haut au-dessus de la surface de l'océan. Puis il se laisse retomber lourdement, créant un monstrueux raz de marée qui menace d'engloutir tout ce qui se trouve sur son passage. Par chance, Lamantine tient le choc. Sacha décide de profiter de la fin de l'attaque de leur adversaire pour tenter de libérer Dracolosse de sa cage.

– Pikachu, lance Queue de Fer ! ordonne-t-il.

Le Pokémon Souris ne tarde pas. Il se concentre, charge, et d'un coup de queue tranchante, il détruit la prison flottante. Dracolosse s'envole aussitôt retrouver Draco.

– Très bien joué, Pikachu ! se réjouit Sacha.

Les bandits de la Team Rocket serrent les poings de colère.

– Wailord, utilise Trempette contre Dracolosse ! commande alors Jessie, bien décidée à récupérer le Pokémon Dragon à tout prix.

Quelle attaque super puissante ! Sacha est projeté à des centaines de mètres dans les airs. Puis il plonge en piqué, droit sur Wailord, en hurlant. Ni une, ni deux, Draco fonce à son secours. Vite, vite, plus vite. Avec application pour réussir sa mission. Et soudain… Draco évolue en Dracolosse !

– Formidable ! s'extasie Sacha lorsque son nouvel ami le saisit entre ses pattes musclées afin de le sauver.

Une fois Sacha en sécurité, Dracolosse s'occupe de propulser la Team Rocket vers d'autres cieux.

– C'est fou ! souffle ensuite Goh, bluffé par l'exploit du Pokémon Dragon. En moins d'une journée, Minidraco a évolué en Draco, puis en Dracolosse !

À ces mots, le Pokémon Dragon fait comprendre à Sacha qu'il souhaite désormais faire partie de ses coéquipiers. Et le Dresseur, fou de joie, s'empresse de lancer

une Poké Ball afin de l'attraper !

Leur aventure terminée, Sacha et Goh regagnent le Laboratoire Cerise, dans la région de Kanto, en héros. Ils ont rempli leur mission avec succès !

– C'est impressionnant ! les félicite le Professeur Cerise, enchanté de voir ses recherches scientifiques progresser. Lorsque je pense que je ne savais même pas si l'île des

Dracolosse existait vraiment ; bravo les garçons !

– Ces découvertes vont susciter un énorme intérêt ! ajoute Ren.

Tout à coup, le Professeur Cerise hésite.

– Je crois que nous devrions garder le secret de l'île, finalement, murmure-t-il alors.

Chrysa n'en revient pas.

– Ah oui, mais pourquoi ? s'étonne-t-elle.

Sacha comprend le point de vue du savant. Pour protéger les Dracolosse des curieux, pardi ! Les Pokémon Dragon veulent rester tranquilles sur leur île, cela ne fait aucun doute... Et ils le méritent bien, eux qui se donnent tant de mal pour sauver les gens !

Fin

DRACOLOSSE

TYPE : DRAGON - VOL **CATÉGORIE : POKÉMON DRAGON**

Pokémon compatissant, Dracolosse manœuvrera sans effort à travers les tempêtes océaniques pour sauver des gens ou des Pokémon de l'eau. Un capitaine de navire impressionné par ses compétences lui a donné le surnom d'« avatar des mers ».

Retrouve bientôt Sacha et ses amis dans de nouvelles aventures

As-tu déjà lu les histoires de Sacha et Pikachu à Alola ?

Aventures à Alola

Bienvenue à l'École Pokémon !

Un étonnant Pokédex

Rencontre avec Brindibou

L'exploit d'Otaquin

Un drôle de Flamiaou

La Grande Épreuve

L'Œuf de Pokémon

La forêt mystérieuse

Voyage à Kanto

L'Ultra-Chimère

Le secret de Gladio

Le sauvetage d'Elsa-Mina

Mission Ultra-Gardiens !

Un rival flamboyant

Un Pokémon tourbillonnant